THILO KRAUSE

# DASS UNS FINDET, WER WILL

Gedichte

Hanser

Mit Unterstützung der
LANDIS&GYR STIFTUNG

1. Auflage 2023

ISBN 978-3-446-27635-2

Umschlag: Peter-Andreas Hassiepen, München
Motiv: Caspar David Friedrich, *Nebel im Elbtal* © akg-images
Satz im Verlag
Druck und Bindung: Friedrich Pustet, Regensburg
Printed in Germany

FSC
www.fsc.org
MIX
Papier | Fördert gute Waldnutzung
FSC® C014889

FÜR EMMA UND LEO

Das Mädchen kam, Eis schleckend, sagte von oben herab
du bist komisch
immer suchst du Wege
fort vom Berg und aus dem Wald und
aus deiner Dunkelheit heraus …

PENTTI SAARIKOSKI, »DIE TÄNZE DES DUNKLEN«

# I

# EINE GESCHICHTE VOM KRIEG

Tief unter den Birnbaum duckte ich mich
als die Russen in Überschall gingen.
Doppeldonner, das Elbtal hinauf.
Großvater, auf seinem erdigen Kissen
schnitt schwitzend die Rosen.
Als die Jäger über den Giebeln erschienen
hob er die Hand mit der Schere
stach Richtung Himmel.
Die einzigen Länder, denen Großvater traute
waren jene auf den rostigen Karten
im Innern der Gießkannen.
Eine stand links, die andere vier Schritte entfernt.
Aber wenn ich in diesen Jahren Großvaters Rosen zerschoss
da sagte er nichts, da kam er und meinte
ich bräuchte einen im Tor.
Kohlweißlinge flackerten über den Büschen
als Großvater sich mühte
mir lachende Gesellschaft zu sein.
Großvater

***

nach außen, leichte Hülle, dürres Männchen
immer tönte er ein anderes Land herauf:
Wenn plötzlich ein Segelflieger aufglomm
in der Stille zwischen den MIGs
legte Großvater den Kopf in den Nacken.
Schon saßen wir beide dort oben
hinter einer doppelten Kanzel.
Wir glitten über die Elbarme

sahen die Segelboote winzig vor dem Wind
der sich Richtung Pirna in den Schloten der Fabriken fing.
Rauch, schwer über die Landschaft gehisst
aber wir waren höher oben:
Großvater und ich im Erzählen katapultiert
in ein Land, wo verlorene Glieder nachwuchsen
bis mein Blick den Knoten der Trainingshose erreichte
unter Großvaters Stumpf wie ein Schwängel
dass die Glocke läutete, immerzu.

***

An Großvater zerschellte
was sie uns an langen Tagen erzählten
in Reih und Glied in den Klassen
bei den Appellen unter dem Dom
des Walnussbaums, wenn wir glauben sollten
dass der Krieg immer der Krieg der anderen gewesen war
dass auf unserer Seite der Mauer
nie ein Schuss die Luft teilte
da blieb ich bei Großvater
da dachte ich an die Leere seines Blicks
wenn er innehielt, der Schmerz
ihn grimassieren ließ im Gewucher der Rabatten.
Gegen die Koliken, das heiße Stechen des fehlenden Beins
verblassten die Seiten in unseren Büchern.
Gegen das Bild wie Großmutter
Großvater in die Wanne half
ihren Mann schwankend über den Rand
bugsierte, verfloss alles Rot der Fahnen.

***

Im Dichtungswerk fuhr Großvater Schicht auf Schicht
die Lunge voll Asbest und Narben.
Er atmete den Staub.
Er kaufte mir einen Fußball aus Leder.
Jeder Flicken schwarz oder weiß
ein Häufchen Kalk im Rippenfell
eine Treppe weniger
die er schaffte, ohne innezuhalten.
Aber wenn wir spielten
in unserem Stadion aus Rosen
wenn ich es schaffte
den Ball an ihm vorbei in den Forsythien zu versenken
da klatschte er und zog sich, halb irre vor Lachen
hoch in den Birnbaum
um auf seine Krücken zu spucken …

***

wie er spuckte auf die Partei.
Ein paar kurze Jahre
hatten sie ihn zu sich gezogen.
Schmerz des Beins
das es nicht mehr gab
Phantom einer besseren Welt
mit dem Parteibuch beschworen
bis Großvater es dem Kader vor die Füße warf.
*Proletarier aller Länder vereinigt euch.*
Parole, die zurückkam zu ihm
persönlich gebracht oder geschickt –
immer fand ihn sein Buch
ohne Nachricht, ohne Notiz, außer dieser:
*Proletarier aller Länder vereinigt euch.*

Auch Großvater dabei.
Scham zog ihn krumm
bis er sich straffte
die Rosenschere erhoben.

***

Großvater, mein einbeiniger Sisyphos
der nur morgens entkam
wenn er sich aufmachte, elbaufwärts
lange bevor die Russen den Himmel kaperten.
Einsamer Wanderer am schmutzigen Strom
wo der Dreck der Fabriken wallte
die Abwässer schäumten
dass sich an windigen Tagen
die Flocken im Ufergestrüpp verfingen.
Großvater, schlaflos
pendelte auf seinen Krücken
die alten Treidelpfade entlang
eine einzelne Flosse im Rucksack
Schnorchel, Handtuch und ein Stück Polystyrol.
Eine Stunde lief er sommers
in den Sonnenaufgang hinein
um das Freibad für sich zu haben
um nichts zu hören
als das dumpfe Arbeiten des Wassers
wenn er sich das Stück Schaumstoff
unter den Bauch klemmte.
Um ihn Schwärme von Blasen
unter ihm sein eigener Schatten
Leerstelle Licht, Nicht-Bein, blaues Glitzern
wie die Granatsplitter blau gewesen waren

sich ins Fleisch gefressen hatten
in die Leichtigkeit, die er im Becken noch hatte.
Mit der Flosse
ein Wesen aus den Märchen (den verbotenen)
bis ich diese Dinge fand:
Flosse, Schnorchel, Polystyrol.

***

Abend für Abend, nicht Blume
sondern rollende Woge
wie das Bier aufwallte
strudelnd umherstürzte im Glas.
Ich sah Großvater hingegeben
an jede Welle
die halb bitter, halb süß
nach der Zeit vor dem Krieg schmeckte
als die Drohung dieser Dinge noch fern war:
die speckigen Griffe der Krücken
die gummierten Füße
sorgfältig zu setzen
dass er nicht aufschlug
weil er es nicht schaffte
auf den einen Fuß zurückzukommen.
Lächelnd lag er auf dem Rücken
in seinen Rosen.

***

Als Großvater ging, holte das Unkraut sich
in Wochen den Garten zurück.
Großmutter und ich mit Händen wie Geister

nichts vermochten wir zu berühren.
Ein sachter Wind schob die Köpfe der Rosen an.
Wir schwitzten und wussten nichts zu tun.
Nur das Kissen noch da, das erdfarbene
mit kleinen, gelben Blüten bedruckt.
Wir aßen Schwarzbrot, tranken rostiges Wasser
aus den Leitungen, die halb die Erde
halb die Luft zerschnitten.
Lange musste das Wasser laufen
im System aus Rohren
an jeder Parzelle vorbei
damit es kühl wurde, frisch.
Lange musste Großvater laufen
auf seinem einen Bein
alle Jahre ein Stück der Erde zugefallen
dass es an mir ist, diese Sache zu erledigen:

***

Hier ist Großvaters Parteibuch
abgegriffen, ein wenig salpetrig, mottenbenagt
nach Hitze riecht es, Sommer und Putz.
Ich werfe es für ihn zurück
auf die andere Seite der Zeit.
So fliegt es an Großvater vorbei
die erste Seite von seinen Rosen zerschlissen
und holt ihn Jahre eher wieder ein
blass und gerade amputiert
aus einer Klinik im Schwarzwald
nach Hause entlassen.
Das Bild, von dem alle sagten
er sei nicht sicher, ob leben, ob sterben.

Und weiter zurück fliegt das Buch durch die Jahre.
Hier ist die Rückseite des Kriegs:
Großvater hält Großmutter im Arm
im Hof des Hauses, das später lange
meinem Onkel gehörte
stehen sie unter einem Pflaumenbaum
tiefes Licht, lange Schatten.
Auch hier geht das Buch vorbei
fast leer, mittlerweile
zwei Flügel aus Pappe
die gerade noch dieses Jahr erreichen:
Großvater, zum Fasching verkleidet
ein kleiner, lachender Junge
inmitten aller Nachbarsjungen.
So abgegriffen das Bild
speckig geworden
von Großvaters Händen
die es alle Tage berührten.

# VATER

Was ich in ihm bin, ruht.

TOMAS TRANSTRÖMER, »PORTRÄT MIT KOMMENTAR«

*(als Vater)*

Blüht alle Tage
wie Apfelbäume blühen
in der Tiefe der Frühlingsnacht.
Geht umher
von Zimmer zu Zimmer
Jahr um Jahr
helle Sorge, helle Worte
die ihm nachwehen:
*Dass du dir*
*nicht wehtust*
*mein Lieber.*
Grünt in den Räumen nachts
glomm und glimmt
in meinen Träumen
tief.

*(als Unbekannter)*

Erzählt nie vom Kriegskind
das er ist, als Fünfjähriger im Keller
unter den Leibern seiner Geschwister versteckt
die ihn retteten genauso wie seine Geschichte.
Barfüßig von Putz und Salpeter berieselt
mit Kohlendreck beschmiert
wusste er nichts vom Hydrierwerk
dem die Bomben galten
ein paar Kilometer entfernt
dem rauchenden Kahn über den Feldern
den es galt zu versenken.
Aber das Land flach
und schwarz, die Zeit mehr Raum
als Strecke, dass die Bomben
in die Kirschbäume regneten.
Immer noch streift er nachts über die Felder
wo unter dem Korn
die Wörter zwischen den Blindgängern ruhen.

*(als Mönch)*

Lehnt sich an Rinde
wo das Harz rinnt
das ihm lieb war alle Jahre.
Harz
langsam
ohne je zu versiegen
nicht fest
nicht flüssig
etwas zwischen den Dingen dieser Welt
in Bewegung
ohne sichtbar in Bewegung zu sein.
An der Oberfläche immer auch das
was es unter sich berührt
Rinde, Moos
langer Weg dem Boden zu.
Harz
im tiefen Licht der Augustsonne
fliegende Schauer
und Vater angelehnt
nicht in Trauer
nicht in Gedanken.

*(als ewiger Arbeiter)*

Schlägt in seinen alten Heften
Tangenten und Sekanten nach
sticht das Gras in Bögen aus
mit Spaten, Strick und Pflock –
zehn Meter neuer Weg.
Die Nachbarn fort, die Gärten still.
Ob gelungen oder nicht
ob Tangente, ob Sekante.
Vater steht
und horcht hinaus
Vater lacht
und bleibt für sich.

*(als Leser)*

Benutzt Seele als Wort
in der Art wie Seamus Heaney sagt
ginge es nach einem seiner Freunde
hätte die Seele ungefähr das Gewicht
einer Schnepfe und schon
schlägt Vater nach
wie viel die Schnepfe wiegt
und hat etwas
sich an den Dingen zu wetzen.

*(als älterer Herr)*

Notiert Bruchstücke
höherer Logik
auf Kontoauszüge
bleichende Kassenzettel.
Botschaften, versteckt
in Rissen und gilbenden Beträgen:
Ortsnamen, Adelsgeschlechter
verwunschene Landstriche
die niemand betritt
außer er selbst:
ewiger Handelsreisender
den Koffer voll großartigem Wissen.
Noch ist es möglich
ein Glas zu trinken.
Noch ist es möglich
sich ins Gras zu setzen
wo das Gedächtnis blüht
im Vergessen.

*(als Kameramann, der er einmal werden wollte)*

Hätte am Set stets abwesend gewirkt
in der Art, wie man abwesend sein muss
um durch die Welt hindurchzuschauen.
Wäre dann doch
im rechten Moment erwacht
wenn die Qualität des Lichts
dem Atem gleicht, der Pause
im Verharren zwischen Ein und Aus
wo Sonne tief unter einer Wolkenbank hervor
auf ein Gehöft in karger Landschaft fällt
und hätte, die Kamera im Anschlag
alles nach sich selbst befragt: das Gleißen
der Fenster, Abend, spiegelnde Leere.

*(als Autofahrer)*

Sagt Mäusefänger
zu den Katzen
die einsam in den Wiesen aufscheinen
auf unseren Fahrten durchs Gebirge.
Mäusefänger
kurz erspäht zwischen einem Dorf
und dem nächsten, an einem Bachlauf
aus dem die Flaschen der Dorfjugend glitzern.
Mäusefänger, den Kopf knapp
über die Böschung gehoben.
Vater, im Lenken
den Kopf knapp übers Gespräch gehoben
beschleunigt ins Offene
zwischen Hören und Reden.
Wolken über dem Kamm, Rauch
aus den Schloten im Böhmischen Becken.

*(als Gestalt aus dem Märchen)*

Wohnt in einem Haus
mit Türen in alle Jahreszeiten
tritt immer nur
gegen den blauschwarzen Riegel
des Waldes
ins Freie
furcht die Stirn
über die groben Reste Schnee
in den Nordseiten
schaut mit seinem dritten Auge weiter hinaus.
Die Osterglocken kommen aus den Tälern hochgelaufen
nickende Prozession Gelb.
Vater lächelt, heizt den Ofen an
schläft gegen Nachmittag ein:
der Frühling immerwährend
die Osterglocken brennen sich leise
durchs frostverbissene Gras.

*(als Letzter im Garten)*

Schaut auf die Mücken
die sich im letzten Fleck Sonne
vor der Hecke halten.
Richtet den Blick über die Giebel
wo das Gewitter wuchert wie Blumenkohl
fixiert mit schmalen Augen die Mauersegler
und weiß nicht, soll er barfuß
über den Kies zur Pumpe tappen
mit dem quietschenden Schwengel
das Wasser anrufen
oder bleibt, so wie der Wind auffrischt
nicht mehr zu tun
als die Plache über Tisch und Stühle zu spannen
den Strick in der Hand
den Blick noch einmal zu heben.

*(als Melancholiker)*

Geht die Nebenstrecken ab
die verwundenen Gleise
wo in langen Sommern der Klee rostet.
Gekräuch wächst da
mit Namen aus gilbenden Büchern
Beinwell, Steinbrech.
Knotiges Gewucher mit Blüten
wie Klingen scharf.
Aber jene, die Vater in der Tasche trägt
ist beschlagen, schartiger Spiegel
diese Landschaft darin:
Pappeln, südlich zerrissen
Zäune, nur von Ackerwinde gehalten.
Vorm Bahnwärterhaus zwei Gleise
die sich schneiden
im Unendlichen
möglicherweise.

*(als Wissenschaftler)*

Erzählt mir im Spazieren
gerade als die Buchen austreiben
dass der Sand auf dem Mars
zu liegen kommt
wie der Sand zu unseren Füßen
und gäbe es Buchen anderswo
würden die Knospen
sich genau so entrollen:
mit ihren geriffelten Rändern
sich an der Luft festhaken
und ins Freie schieben.
Ob hier auf den frühlingsduftenden Pfaden
ob weiter draußen in irgendeiner Galaxie
immer formt sich Fibonaccis Schneckenhaus
und darin: Kiefernzapfen, Wespenkörper, Farn.
So muss der Staub, der wir sind
sich zu etwas ordnen
das wiederum erinnern wird an uns
tröstlich (vielleicht)
und so weiter und so fort.

# SCHÜLER

Im Hinterland
auf eingleisiger Strecke

entkamen wir ineinander verknäuelt
zwischen dem, was mit brüchiger Stimme

noch zu uns sprach
aus den kreidetrockenen Räumen des Systems

und dem, was zu finden war
in dieser Stunde, im Monat April

als die Ebene eher als Meer erschien
die Silos, die Kraftwerke

wie Schiffe aufzogen am Horizont
und abseitig wieder versanken

in dem Moment, wenn mir eines der Mädchen
den zweiten Ohrhörer lieh, wie um zu fragen:

Was macht die Kirschblüten so leer?
Gibt es jenseits der Clique etwas zu wissen für uns?

***

Wasserläufer. Wir hielten uns oben mit ihnen
durch nichts als Spannung.

Wolken fuhren durchs Wasser.
Dunkel knisterte das Ufer

an langen Nachmittagen
wenn zu ergründen war

wie weiß, weiß ist
auf den Seiten der mitgebrachten Bücher

die doch niemand las
weil wir da schon wussten:

Es ist jetzt nur
das Weiß unserer Körper zu empfangen

Seite an Seite
gegen den Dünkel unserer Eltern.

In engen Wohnzimmern
hinter Polstern und Porzellanvitrinen

hatten sie uns belauert
bis wir groß genug wären

für ihre eigene Geschichte
von Verdrängung, Krieg und Gewicht.

Deshalb lasen wir nicht.
Deshalb hatten wir auch so genug zu wissen

im Birkengebüsch
am dunklen Mund des Baggersees

der nicht sprach
der nur atmete

flach, wie im flackernden Schlaf danach
als unsere Finger ruhten.

***

All die schwitzig taumelnden Nachmittage
mit Computerspielen inmitten zu klein gewordener Möbel

jetzt legen sie ihre Maske ab
erscheinen ewig im Licht der eingegeigelten Jahre.

Wir bohrten die Gegenwart an
und tranken gierig

heimliche Schwerenöter
vom Hier und Jetzt berauscht

bis wir wieder aufzutauchen hatten
in den Kulissen der Geschichte

verkaufte Fabriken, stillgelegte Gelände
wie von schwerem Feuer verwüstet

aber unsere Kinderzimmer für die Ewigkeit
so wie wir uns weigerten, die zu werden

in die wir uns zu verwandeln hatten:
Grenzgänger, Zeitreisende

zwischen einem System
und dem nächsten.

Noch immer schaue ich
auf den Pflaumenbaum vor deinem Fenster

vom Nachmittagslicht entzündet
Geriesel von Sonne durch die Blätter

und dann, nur dann vor den verpixelten Graphiken
der scheppernden Musik aus winzigen Lautsprechern

war es uns gegeben
anwesend zu sein, ohne Pflicht.

Wild gestikulierten die Eltern
hinter dem Panzerglas

aus *Super Mario* und *Battle of Britain*
aber wir, in unserem Verhau aus IKEA und VEB

konnten sie einfach
nicht hören.

***

Wie wir Kataloge wälzten
um uns an Produkte zu gewöhnen.

Chromstarrende Mountainbikes
nie gesehene Unterwäsche.

So entblößte sich
Monat um Monat.

Wir lernten die Preise.
Wir lernten, was wir uns wert waren

wenn abends noch
einer beim anderen klingelte

dass wir aufstiegen aus Scham und Konsum
uns auf die Bänke vor dem Kindergarten setzten:

Sanfte Geister, alle Zeit von dieser Straße
von dieser Stunde beschworen

wenn im Glascontainer scheppernd
die Flaschen zerstoben

die Alten mit ihren Hunden
im Dunkel verschwanden

schlurfend wiederkehrten vom Fluss
wie auch wir wiederkehren mussten

in den Bannkreis der einen Laterne.
Flimmernder Kegel, Trichter. Wir rutschten

in die Welt und fielen doch
auf uns zurück.

***

Der Fluss voll
von kaltem, klarem Wasser

die Ufer bewehrt
mit dem Dreck des Jahrhunderts

dort, wo wir saßen
im Pappelschaum, im Weidengetuschel

und die Flasche kreisen ließen
wie das Schwarz kreiselte

in trägen Strudeln
um die Zweige, die ins Wasser reichten

Rest von Bewegung
in der stillgelegten Landschaft.

Die Glühwürmchen waren zurück.
Die Rehe waren zurück.

Manchmal glaubten wir
dass ein Stern sich spiegelte

gefallener Splitter im Uferschlick
die andere Chemie

Kohlenstoff und Wasserstoff
still brennendes Universum

während die Schlote erloschen waren
die gierigen Mäuler der Schmelzöfen

feucht und zahnlos verwaisten
katapultierten wir uns hinauf

kreisten um uns selbst
weiß rauschender Orbit

aus Philosophie
und billigem Fusel.

***

Wo wir rauchten?
Am Rand des Nichtschwimmerbeckens.

Still zog der Bademeister vorüber.
Still zogen die Rentner vorüber

mit ihren behaarten Bäuchen
und Goldgliederketten.

Aber wenn uns eine Mutter anschaute
durch die Schwaden hindurch ihr Blick uns traf

dann wurden wir klamm und trollten uns
mit dem neuen Geld Süßes zu kaufen.

Und jene mit einer Freundin
schliefen an diesem Tag nicht mit ihr

von der Vorstellung getroffen
mit eisigen Beinen im Wasser zu stehen

ein Kind wieder und wieder
Richtung Himmel zu heben.

***

Wir hatten unsere Räume
auf den Felsen unter den Birken

dort, wo die Stadt nachts
als glitzernder Nebel am Horizont waberte.

Räume, draußen im Gebirge
wenn es heiß und klar war

im Ellbogen die Mischung aus Schweiß und Sand
nach der profanen Ewigkeit unserer Kolonie roch:

Isomatten und Schlafsäcke
auf einem der abgelegenen Plateaus

gegen die Grenze hin.
Niemandsland, Gewitterenklave.

Wenn der Regen kam
drängten wir uns barfuß und frierend zusammen

unter den lichten Kronen
mehr Idee als Schutz.

Der Donner vibrierte in den Fußsohlen.
Scharf schmeckte das Ozon

oder war es die Drohung
der verlassenen Räume.

Aufgemotzte Spielplätze.
Übertünchte Fassaden.

Block auf Block
von den hohlen Batterien der Briefkästen bewehrt

aus denen die neuen Zeitungen ragten.
Schwarze Lettern, an denen kein Wind rührte.

***

Dein Blut war freundlich und warm
als sie im Mondlicht auf ihren Mopeds verschwanden.

Knatternder Konvoi.
Schimmernde Helme und Schädel.

Die Polizei hatte einfach nicht
kommen wollen.

So rann ein sachtes Rinnsal
durch unsere Stadt.

So nährtest du den Asphalt
mit dir selbst

bis Stich um Stich
die Haut sich wieder schloss

die Ärztin deine Hand hielt
wie um zu fragen: *Was ist euch passiert?*

Und wir es zwar wussten
aber lang nicht verstanden.

# MIT DEM GESCHMACK EINES ZERBISSENEN KERNS

AfD triumphiert in den Dörfern.
SÄCHSISCHE ZEITUNG

Ich hörte die Ewigkeit, ach, und aus den Höfen Hühnergegacker …
PAVEL KOLMAČKA

Betonpisten.
Alleen über Land.

Mir flackern
die Schatten unter den Füßen

wie die Mücken
die Pfützen berühren im Tanz.

Schutt und borstiges Gras.
Zwischen den Feldern schluckt mich der Farn.

Ich bin
vom Faden gerissen

im Sommer
sinkendes Lot.

***

Draht wuchert im Steinbruch.
Dornige Nester neben den anderen

der Vögel. Eine Lerche gibt es hier
die hoch über die Basaltwände steigt

sich zurückfallen lässt
ins speckige Schwarz.

Für lang stehen die Pfützen
in den Reifenspuren schwerer Maschinen

wie versteinert nach allen Jahren
die hier keiner mehr fuhr.

Dünnes Schlagen von Flügeln
Picken und Wispern

in der nordseitigen Luft
die wie ein Bogen vibriert

wenn ich mich in den Kessel wage
zwischen Karossen und Förderbänder.

War kein Krieg
der die Dinge stumpf werden ließ

ist nur der Tau
der seine schillernden Finger

aufs Blech drückt
dass nur die Lerche es schafft

sich über den Rost zu erheben
fransende Felder, winzige Blüten.

***

Birnbäume. Ich sehe sie
von der leichten Drift des Schlafs aus.

Wespen, Stare
über dem träge glitzernden Seim

der letzten Früchte
im Rinnstein zerplatzt.

Wenn ich erwache
die Glieder taub, die Straße im Nacken

trage ich auf der Zunge
den Geschmack eines zerbissenen Kerns.

***

Die Biegung des Bachs
in die Wand aus Basalt geschmiegt.

Kopfweiden, Wiese, Pappelgestrüpp.
Und die Straße ist

wie die Zukunft in Kindertagen
kaum zu ahnen, aber zweifellos vorhanden.

Es hätte gereicht
die Hosenbeine hochzukrempeln

zwischen Fischen und goldfarbenem Sand
die Mäander zu durchwaten

sich mit blutleeren Füßen
durch die Pappeln zu zwängen

Schritt für Schritt der Straße zu
rau und warm über das Gebirge hinaus.

***

Stahlarbeiter, Schlosser, Traktorist.
Die Wörter verschwunden

die Leute noch da
im Birkenwäldchen der LPG

die Zeigefinger gegen das Licht erhoben
aber zu streiten gibt es nichts.

Anfang des Monats reden sie lauter
wenn das Geld für die scharfen Sachen reicht

eine Autoladung Fusel
aus der Stadt hierher gebracht für alle.

*Eh, Idiot.* Sie rufen mir zu, streichen
über ihre Schädel, als hätten sie Haare wie ich.

Das Korn nimmt mich auf.
Margeriten, Klatschmohn, Kamille.

Alles duftet
aber es riecht nach anderen Dingen.

***

Nachts, bei der blitzgespaltenen Linde
ist die Stadt zu ahnen –

Hohes Leuchten über dem Kessel
Scheinwerfer der Diskotheken

für lang nicht zu lesen
Wörter, Wörter, ohne Stimme

wildes Zucken an der Unterseite
verstreuter Wolken.

Wie früher die Flaks
Himmelsstrahler, Lichtdom

sagt tags einer der Alten
hält das Bier und

haut mir
mit der freien Hand eins vor die Brust.

Ich sag: ja, ich versteh's
will es, will es nicht mehr.

Nachts geh ich am Bach entlang
dem Gemurmel im Dunkel

steig ab von der Linde
schließ die Tür

und versuche die Kegel zu denken:
Licht an den Orten

wo die Jungen tanzen
und nicht mehr.

***

Dieses Haus wäre meines:
wo der Regen die Wände alle Jahre neu streicht.

Ich hätte Türen
für Heute und Morgen zugleich.

Der Mond, das ernste Kind
käme mit einem Sack Sterne spielen zu mir.

***

Der alten Bahnstrecke nach
die Gleise, rostig verworfen

die Schwellen versunken. Altes Öl
stumme Regenbögen im Schotter.

In den Durchbrüchen, den Tunneln
wispert das Wasser

plötzliche Explosion Licht
wenn ich aus dem gemauerten Dunkel

zurücktrete
ins Gesäusel der Birken.

Es gibt keine Stimmen hier
nur Windstöße, Gewitterböen

die fauchend die Stämme biegen.
Alles weich und frisch

das alte Gehölz zu Boden gesunken
Erde geworden.

Ich drehe das Gesicht in den Regen
versuche mich davonzumachen

im schwindenden Spalt
zwischen Blitz und Donner.

***

Winter, bis jetzt nicht mehr
als der Dachboden eines verlassenen Hauses.

Wenn Wind aufkommt
weht Spreu hoch statt Schnee.

Ein Rest Korn – so leicht, so hohl
mit jeder Böe stets willig, den Ort zu wechseln.

Winter, zwischen Mäusedreck
und den Nestern der Sperlinge im Putz verlassen.

Die Wand nach Osten leidlich geweißt.
Spinnweben streichen darüber.

Alte Koffer, brüchige Riemen.
Frost vergangener Jahre.

***

Ich bin Juro
stecke mir die Wurstzipfel selbst zu

bin der dumme Juro
flicke das Dach, kehre die Küche

was sonst von mir kommt
da könnt ihr drauf spucken.

Im Winter, da lasse ich es schneien
auch wenn es der Meister nicht will.

Ich übe
meine Zaubersprüche im Stillen.

***

Jetzt schippen sie Schnee
mit gebeugten Rücken

laufenden Nasen
und der Schnee hat nichts anderes zu tun

als zu fallen
ungerührt, auf das bisschen Asphalt

das schon frei war
und legt sich, schmiegt sich an

dass es schwer ist
die Schippe darunter zu bekommen.

Da muss man schnaufen und fluchen.
Eine Straße voll zorniger Männer

gegen den Winter
und sonst.

***

Märchen, Märchen …
wie sie die Schweine früher

mit den Hinterläufen
auf Bretter nagelten

und schräg an die Stallwand lehnten.
Der ganze Körper weit offen

und immer noch dampfend
eine Anatomie des Reichtums

Fleisch für Wochen und Wochen.
Jedes Organ eine eigene Welt

Innereien, Muskeln, Kopf
fortgetragen in Töpfen und Eimern.

Das Blut rot im Schnee.
Die Augen schwarz wie Ebenholz.

Und die Tauben pickten die Hirse.
Die guten ins Töpfchen, die schlechten ins Kröpfchen.

***

Silvester, im alten Ferienlager
in den doppelstöckigen Baracken des VEB.

Hier ist meine Stube, südseitig
im Winkel der letzten zwei intakten Wände.

Bücher, ein Tisch, ein Stuhl
das Fenster Richtung Grenze und darüber hinaus.

Von hier halte ich
die Dinge im Blick, die es nicht mehr gibt:

Steinbruch und LPG
Schule und Bahnhof

und halte
die Dinge dagegen

die übers Unkraut schossen
in nie gesehener Eile.

Zeitungen. Stumme Verkäufer der Straße entlang.
Werbetafeln, Tierheim und Kneipe.

Die Petroleumlampe faucht
und ich muss sehen

dass ich von den Balken nicht
die morschen erwische

dass ich nicht versacke
nicht durchbreche

in die dorfseitigen Keller
schwarz mit Kohlenstaub und Leere.

***

Auf ihren Mopeds zieht
die Dorfjugend durchs Tal, unheilige Karawane

lachend, unter den Helmen
den vor der Kälte geschlossenen Visieren

und das Lachen, das ich nur denke
macht den gleichen wirbelnden Schweif

wie die Fahne Qualm
blau über den aufgeschobenen Resten Schnee.

***

Ich starre hinüber zum Wald
weiß nicht, regnet es

oder ist es
das Gegriesel der Gedanken.

Regnet es in den Schnee
den alten

Wasser zu Wasser
spült und reißt

der Bach voll
mit Treibgut und Müll

wirft sich gegen den Basalt
in der Biegung, zahnt und nagt

Gleithang, Prallhang
aber nimmt denselben Lauf

altes Bett, braunes Gegurgel
das Gebirge hinab.

***

Kaulquappen.
Zu ihnen kehre ich zurück

an die Becken lehmigen Wassers
von Kirschblüten beschauert.

Feldränder, Fahrwege, die sie bergen.
Wilde Tümpel, Frühjahrspfützen

mit jedem Strich Sonne fast im Verschwinden.
Kaulquappen, hier draußen längs der Felder

aus Gallert und Dorfasche gekommen
drehen sie sich in der Winterfeuchte, im Schneestau.

Wenn ich sie abschöpfe
ans Licht hebe

scheinen sie ohne Leben
seltsam kühl auf der Hand.

Augen
winzig im Schwarz

ich selbst darin
wenn ich mich beuge

und beuge
im Spiegel von fern.

# II

# GEDICHTE MIT KÖRPER

Physical self-awareness is the first step
in releasing the tyranny of the past.

BESSEL VAN DER KOLK

LANGE WAREN WIR GELAUFEN
bis die Wiesen sich rundeten zum See.

Schwarzgrüne Dämmerung.
Bodenloser Horizont.

Wir legten die Kleider ins Gras.
Einzelne, sorgsame Bündel.

Lehm.
Zaudernd schloss sich das Wasser.

Ich konnte die Gedanken nicht lösen
von diesem Wort: nackt

versuchte dich zu spüren
im Sog des Wassers neben mir her.

Wenn wir uns im Schwimmen achtlos berührten
lief ein Zittern in die Fläche hinaus.

Wind geformt zu etwas anderem:
Körper, Auftrieb, Wolken.

## ALS KIND MIT DEM FERNGLAS AM FENSTER

bis mir die Ellbogen brannten

die Hände taub waren, dass ich nichts spürte
von den Dingen, dass ich nur sah

durch das irisierende Geflimmer
von einfachen Linsen und Plastik.

Im Dämmer, wenn der Abend draußen
das Licht drinnen, die Fenster öffnete wie Dosen

hing ich halb angezogen, halb abgestoßen
über dem Sims, starrte die an

die sich schlugen und die
fast nackt gegen die Wand gepresst –

wie alles sich abzeichnete
gegen die seltsame Kulisse Zeit

spanische Wand, von der ich nicht wusste
dass es sie gab.

Schattengestalten, die mir nichts anhaben konnten
in meinem Königreich aus Ferne, Gott

der billigen Dinge, wo jede Murmel schwerer wog
als ein Jahr.

## BEIM GRABEN

Der Regen, langsam. Dunkel
flammen die Tropfen im Kies der Wege.

Das ist der Raum, der sich schließt:
Sommer, kühle Gewässer, Langeweile.

In der durchgegrabenen Erde
der Knochen eines Tiers

feine Maserung des Marks, Marmor aller Tage
im Verborgenen bewahrt, bis jetzt.

Du steigst die Leiter herunter
über und über nass.

Wir nehmen die letzten Früchte herein
regenschwer und makellos

erinnern uns an unsere Körper
als Gegenteil

der schwachen Linie Dunst
über dem Fluss.

## TRAUER

Die Nacht ist nur
das langsam erkaltende Innere des Alls

wie du dich jetzt
im Schrank zusammenkauerst

die Tür schließt
von innen.

Aber ich drifte dir nach
schwimme ins Rauschen hinaus

das uns immer noch erreicht
aus der Zeit, als die Hitze groß war

als wir wuchsen und wuchsen
und dichter wurden im selben Moment.

Jetzt komm, lass mich
dein Gesicht aufgehen sehen

dein wunderschönes
dein blasses Gesicht.

BAD, fließender Raum –
weniger im Licht

das durch den Dunst
über den Dächern sickert

als in der Gewissheit
des eigenen Körpers, geborgen

aus dem Schlaf, geordnet
unter diese Dinge: Kacheln, Kornblumen, Wasser.

Eine winzige Spinne spurt durchs Weiß.
Der Spiegel, abwesend, mischt innen und außen:

ein Stück Stadt, Schornsteine
das gesprenkelte Innere meiner Pupillen.

Und doch nichts gegen den größeren Raum
aufgespannt vom Verkehr, dem Kreischen der Möwen.

Geahnter Himmel, während ich meine Wangen betaste
die Feuchte aus den Brauen streiche

weil es das ist
was meiner Anstrengung bedarf:

Still das Haus in Besitz zu nehmen
das eine und das andere.

Aus den Räumen im Innern
Stimmen der Kinder.

## TAG IM APRIL

Wind. Unsere Räume hier
nicht von Mauern gefasst.

Zeltwände, flatternde Planen
die dich und mich umgeben

mit unseren harten Körpern
dem weichen Atem

der nichts
als unsere Zeit aufspannt:

Abend. Über den Raum der Stadt
hinaus segeln die Wolken.

Heimlich werden
die Häuser wieder zu Stein.

Du und ich
wir halten die Blüten im Blick

auf den Pfützen
vor unserer Tür.

ALS ICH MÜDE VOM TAG
die verirrte Hornisse erschlug

sie im Schein der Lampe barg
um sie dir später zu zeigen

aber die Krümmung des Körpers nicht ertrug
den dünn schimmernden Pelz

den einen Fühler
und jenen, der fehlte vom Schlag.

Als ich hinaus auf die Terrasse trat
den Leib auf der Umrandung ließ

wo die Flügel wie schmolzen im Tau
da fand ich mich wieder

am Eingang zum Herbst, am Eingang zur Nacht
sperrangelweit offen.

Du riefst und ich ließ die Hornisse
dort an der Grenze

wo die Stadt auflief
gegen den Raum, den wir behaupten

zu dem zu sagen ist: wir
vier Zimmer, vier Betten

der Tisch noch nicht abgeräumt
die Kinder halb wachend, halb schlafend.

Und der Tod nur ein schmelzender Punkt
auf der taufeuchten Balustrade.

## REDE DER NÄCHSTEN GENERATION

> … schön die scheune die nach längst vergangenen ernten
> leer am wegrand steht
> JAN SKACEL, »DER FEHLER DER PFIRSICHE«

Das Gewicht des Regens an der Scheibe
ist das Gewicht, das ich über die Tage bringe

jede Stunde gestemmt
die wir durch ferne Städte gleiten

die Kinder schlafend im Arm
und das Land vorbeizieht

zu einer Gegenwart verwachsen
aus Nebengleisen, Wasserspeichern, Bahnhofscafés

und ich Tropfen um Tropfen trage
wie ich es immer schon tat

auf der mittagshellen Piazza
wenn die Kinder mit leuchtenden Augen Eis schlecken

und doch sich meine Schultern langsam senken
unter dem Nichts, angehäuft alle Tage

aus nicht mehr geformt
als einem fremden Rest Sorge

einem flüchtigen Ziehen im Leib
so beständig im Kommen und Gehen.

Frag mich, wer ich bin
und ich sag dir: ein geduldiger Atlas

der trägt, was ihm nicht gehört
mit einem Lachen weiter geschenkt

von allen, die mir schweigend
nicht mehr wollten als Gutes –

jede Stunde gestemmt, die ich versuche zu ahnen
wie leicht es Tag wird

der Regen an den Fenstern trocknet
ein paar Flecken von außen an der Scheibe

aber man schaut
hindurch.

# VOM PLANETEN DES SCHREIBENS

And all this science
I don't understand
It's just my job five days a week.
ELTON JOHN, »ROCKET MAN«

## WEGE

*für Leo*

Bringst unseren Jungen
blass und morgendünn den Hügel hoch.

Hell geht die Schule auf im Wald.
So kehrst du um und winkst

bist gespiegelt in den Pfützen
bist gespiegelt in all jenem

was unser Junge weiß
und wissen wird.

In der Höhe Schnee, die Kinder
warm im Raum, schreiben Wort auf Wort.

Jedes wächst in seiner Farbe
bald dem Mittag zu

wenn unser Junge wiederkommt
mit Regen voll und Laub

die Schuhe stumpf vom Lehm
der Wege, die er nimmt:

hinter Zäunen, Schuppen, Mauerwerk
im Ungefähren zwischen den Garagen

länger
jeden Tag.

## PORTRÄT DES DICHTERS ALS KIND

Ausgeharrt hat er
im Gebüsch, Stunden

schwankte er im Laub
zwischen dem Wunsch

gefunden zu werden
und der Gewissheit

genau hier
für immer

die nackten Zehen
in den Lehm zu graben.

Wenn das Licht sank, die Schiffshörner klangen
stoben die Amseln davon.

Hervor trat das andere, das artige Kind
mit bebenden Lippen dabei

Wörter zu wiederholen:
Hunger, Vater, Mutter.

In der Wange ganz hinten
halb bitter, halb süß

Sprache
das heimliche Bonbon.

## WO ICH MICH MIT ZAGAJEWSKI VERSCHWÖRE

Spitzwinkliges Eckchen im Schnittpunkt
zweier Mauern, mit Stacheldraht bewehrt
und einem Ascher auf Hüfthöhe
gleich rechter Hand
der blauen Stahltür etwas grob
an die Rückseite der Fabrik geschraubt.
Durchschlupf aufs Werkgelände
für Eilige oder eher: Fluchtpunkt
eine Zigarette lang
d. h. für mich zwei Gedichte.
Der Ascher immer voll
aber wenn ich dort stehe
treffe ich nie jemanden
oder die, die kommen
überlegen es sich
mit einem Seitenblick anders.
Mir spiegelt die Welt
ins Gesicht, leuchtet Seite
um Seite herauf
für eine Weile kann ich mir einfach
das System nicht
vor Augen holen, das alle Stempeluhren
auf dem Gelände zum selben Herzschlag zwingt.

## AUS DEM MÄRZ 2015

*für Tomas Tranströmer*

Weich
die Ränder der Wolken.

Tagelanger Sturm
aus Forsythien.

Tod. Für immer nass
bleiben die Dinge.

Aber ich
ruf dir nach

schleudere Wort
um Wort hinaus.

Jeder Wurf bringt
das alte Eis zum Singen

mit einem Echo
lang und glitzernd.

## BRIEF NACH JAHREN

Es ist Sonntag.
Der Wind wühlt im Korn.

Ich habe aufgegeben
an die Toten zu schreiben.

Die Berge werden den Schnee nicht los
schimmernd über der Ebene.

Ich geh leicht
und ohne Spur

brech wie Brot den Rand
der Stadt und leb davon.

Kornblumen
aus den Parkplatzritzen

eine Handvoll Samen
vom Regen angeschwemmt

oder wer auch immer es war
dass die kleinen Vögel sich halten

zwischen unseren Häusern
die hart sind, abends mit Licht bewehrt.

Diese Zeilen an dich
in der Farbe heiter durchwachter Nächte

auf Spielplätzen, auf winzigen Schaukeln
(du erinnerst dich)

wo wir unsere Zeit, unseren Raum vermaßen
die Grenzen aus Kiefern und Größenwahn

ohne zu ahnen, wo die Lücke sich auftat
zwischen Anfang und Beginn.

ICH MAG DIE KÜHLEN NICHT, denen die Verse wie Zinn tropfen.
Schnell erkaltet, spiegelt sich stumpf
nie weniger als alles darin.

Ansichten von Häusern, Menschen, Dörfern
im großartigen Licht
von Beherrschung und Distanz.

Nie gehört man ganz hinein
in die alten Proportionen
goldener Mechanik.

Geschichten
die niemanden retten
eingerollt, tote Bienen

nach Frost noch im Mai
auf der Terrasse
in den Rinnen, den staubigen Ritzen.

## HIDDENSEE

*auf Einladung im Gartenhaus der Hauptmannschen Villa*

Die Kinder
Eis schleckend
bei Hauptmann im Garten

der im Jahr der Einberufung
aller Schüler ab fünfzehn
der im Jahr des Aufstands im Warschauer Ghetto

hier noch friedvoll
den Farn
um seine Villa abschritt

immer bedacht
sich in Fragen der Zeit
nicht allzu sehr zu entblößen.

Das Meer nah und ewiglich
die Sterne ungerührt dieselben
wie das Salz und der Sand

dass ein Leben später
auch unser Haar sich kräuselt
immerfort.

Jetzt schon ist der Herbst
in den Sommer geschlüpft
Ginsterpfade, abgeblüht

baumlose Heide
flirrende Fata Morgana
dass die Kinder nach riesigen Tieren spähen.

Doch die Ferne ist eine andere
was man flüstert
mehr zu sich selbst:

***

Mir erzählst du
im Spazieren
von Kloster zum Dornbusch hinauf

wie deine Mutter, siebenjährig
den Krieg
in den Hügeln der Toskana überlebte

die Deutschen mit Rädern
auf der Suche nach Häusern
und Frauen

deine Mutter, mit ihrer Mutter
ohne Feuer, hingeduckt
in einem schimmelnden Verschlag.

Überrest der Jagd.
Überrest aller Dinge
die man tat

bevor sie verschwanden
in Salven, hinterrücks
von Mauer zu Mauer.

Das war der Krieg
den die Kinder nicht verstehen
mit ihrem Eis in der Hand.

***

Europa
zu allen Seiten
dieses und des anderen Meeres

das wir selbst sind
Schwesterchen, Brüderchen
wir Eltern dazu

mit den alten Geschichten
ineinandergeflossen
haben wir uns

in der Sprache
der Körper vergeben
das einzige Land

das uns taugt
ist vom Sand verzeichnet
der blassen Spur

die uns aus Haar und Kleidern fällt, abends
wenn alt und ungerührt die Sterne sich zeigen
Nadelstich um Nadelstich

der hier wie dort das Dunkel zusammenhält
riesig über den Lichtern
von Schiffen, von Häusern.

## EIN PAAR HÄUSER WEITER

Ich las Bobrowski auf Reiseflughöhe.
Die Dörfer, die Städte verschwunden.
Die Triebwerke wälzten Nacht um und Wolken.

Jeder für sich
einen Becher in der Hand
und ein Stück atmosphärenkaltes Brot.

Unten Europa, sarmatische Zeit.
Bobrowskis verschwitzter Kopf
gegen meinen.

Mein anderer Nachbar, mit allen Sinnen dabei
jede Geste zu vermeiden
die Gespräch hätte werden können.

So verschwunden im tosenden Himmel
wusste ich nicht zu sagen
was vor uns lag, was hinter uns blieb.

Aufgehängt am Tau des Sturms
rüttelten wir auf der Stelle
auch wenn der Müll bald eingesammelt wurde.

Das Wägelchen lautlos.
Die Dame bildschön, den französischen Zopf
über die eine Schulter gelegt.

Bobrowskis verschwitzter Kopf
gegen meinen. Schattenfabeln.
Säume, wieder am Wachsen

aus dem Dreck der alten Mauern
aus dem Totholz vergangener Rede
wo der Holunder schäumte.

Immer noch Nebel und nicht zu sagen
wo wir landeten
mit einem Ruck aufsetzten im Weiß.

Und war nur die Runway
vom Computer erdacht
und tatsächlich vorhanden.

Mein Nachbar eilig
mit der Mappe vor sich
wie eine Schippe.

*Leute, es möcht der Holunder*
*sterben*
*an Eurer Vergesslichkeit.*

# BRIEF AUS PONTRESINA

Es ist Winter hier: Die Berge sind von Schnee bedeckt
und die Geräusche reisen schneller als unsere Gedanken.
HENRIK NORDBRANDT

Schon im Gehen
kehren die Kinder zurück
Abschied zu nehmen von ihren Räumen.

Sie halten die Hände an die Luft
dem Clown gleich, der für ein Lächeln
eine Wand erschafft.

Diese hier ist aus Licht und Erinnerung
warm und ernst, wie die Sonne jetzt
durch die Jalousien rinnt.

Die Kinder schlüpfen in unsere Mäntel
bergen die Hände, die Füße
im Futter der Reise.

Wir schlendern die Straße hinab
wo hinter drei Ecken die Ferne beginnt
wo es sich lohnt zu fragen: Wann sind wir da?

***

Kleiner, geduldiger Raum.
Makellose Gegenwart.
Verborgen das Innere des Mantels

verborgen, wer sich vor uns hier wusch
alle Jahre in Staub und Licht.
Hier steht der Tisch. Zwei Stühle darum.

Wir öffnen das Fenster
bitten den Schnee herein.
Alter Trick, wie plötzlich Flocken erscheinen.

Schauer und Klaren.
Draußen rauscht blank
der Verkehr unter den Sternen.

Ich warte auf den Mond in der Höhe
schwimm durch den Winter
mit meiner Flosse aus Lachen und Weinen.

***

Es schneit und ich denke
an die Gesichter der Toten, leuchtend und still
hinter den Gesichtern der Lebenden.

Flocken legen sich
auf die große weiße Fläche
die Schnee heißt und Gestern ist

alle Stunden
aus der Zeit gefallen
ohne Spur.

Aber du, Kleiner, wirf dich hinein
genau an dieser Stelle
grab dich ins Weiß

und hör mich nicht reden oder glaube nichts
von dem, was ich versuche zu sagen.
Der Schnee ist Schnee.

Flügel hast du
und kannst schwimmen
zugleich.

***

Gräser
hinter dem Dorf
glitzernde Antennen.

Der Sommer lauscht von unten her
wo die Herzen der Tiere
kaum je schlagen

zwischen einem Atemzug
und dem nächsten
die Sonne bleich hinter dem Grat versinkt.

Furchtsame Körper
wie ohne Bewusstsein jetzt.
Anwesenheit, die an Abwesenheit gemahnt.

Die Gräser kaum zu sehen
aber doch vorhanden
wie das, was man will

schlummert in dem Moment
wo der Abend
am tiefsten ist.

***

Wind wippt Schnee von den Ästen.
Vorhänge gleiten im Wald.
Pause. Die Bühne weit.

Zwischen den Kiefern
eine blitzblaue Scherbe
ein Loch, geschossen vom Frost.

Ewiger Raum, wo die Lawinen
sich an die Hänge klammern
die Vögel auf die Hand kommen vor Hunger.

***

Ich tausche
die Uhr gegen den Schnee
zähl mich hinüber in die Nacht.

Frost, stiller Funkenschlag
erhellt den Raum
zwischen den Stämmen.

Ich schau auf die Uhr, schau auf den Schnee
in der dunklen Luft.
Das eine zählt das andere.

Im Innern der Sekunden tausende Flocken
Raum, nach innen gedehnt.
Leuchtende Pisten, Fernverkehr.

Jedes Blinzeln wie eine der Kugeln
in der umstiebt die Landschaft ruht
aber nie dieselbe.

***

Ausgang des Tals, Pass nach Süden hin.
Wo die Masten summen, geht die Nacht auf
schmiegt sich das All in die Beuge.

Scheinwerfer tasten die Straße hinauf
leuchten weit ins Schwarz
auf dem Scheitel.

So wie wir am Fenster stehen
die Kinder in ihren Schlafanzügen
unbedingt noch die Nacht betrachten wollen

bevor sie unter ihre Decken gleiten
sich in den eigenen Atem rollen
weißes Rauschen aus dem Innern des Schlafs.

***

Ein schwacher Wind
geht durchs Tal.
Die Nacht hat eine inwendige Seite.

Wir halten uns
an die gewöhnliche Arbeit
des Atmens.

Das Erinnern ähnelt
dem schmalen Saum am Straßenrand
wo das glitzernde Wasser des Tags

zurückfriert ins Dunkel.

# TAGRÄNDER,
# REINSCHRIFTEN

## SO WIRD ES TAG

*nach Gundermann*

Vor den Wohnblöcken Reste körnigen Schnees.
Fenster taubenblau, orange und gelb.

Schattenrisse hinter dünnen Gardinen.
Tee und Rasur.

Eine Hand
die einen Unsichtbaren liebkost.

Eh die Vögel beginnen zu fliegen
komm, klingle bei mir.

Ich mal dein Gesicht auf die Butter.
Ich schreib uns fort

nicht im Überschwang des Lichts
nicht auf den ewigen Routen der Busse

in der Geste wie die Kinder
am Bordstein sorgsam den Kopf wenden

im Geräusch wie der Graupel
launisch an die Fenster schauert.

## BLICK NACH DRAUSSEN, BLICK NACH DRINNEN

Vom Wald her ziehen
die Krähen übers Haus.

Orion tief
über der Stadt.

Die Kinder – Seite an Seite –
warten, dass der Hamster erwacht.

Unter Knochen und Fell
ein schnell schlagendes Herz.

Die Kinder, eifrig
mit Resten von Brot beschäftigt

ihrer Idee
von Mensch und Kreatur

und wie man eben zusammengehört
zum Ende des Winters

im Licht der Wohnungen
von Straße zu Straße

Brot und Herz
Knochen und Fell.

## DER GAST IN DER KÜCHE

Grüne Dämmerung
wenn im März die Sonne

unter den Horizont gesunken ist
der Streifen Himmel über dem Wald

nicht blau ist
sondern dem Innern der Artischocke gleicht

dem Kern des Stiels
unter Blättern und Dornen verborgen

in Zeitungspapier über ein paar Grenzen gefahren
im Kofferraum eines Bekannten.

Winziges Stück Welt
meines Schwiegervaters

der an diesem Abend gekommen ist
um für uns die Artischocken zu schälen.

Am blanken Grund der Spüle
sammelt sich Dorn um Dorn

und Angelo, mit seinem wunderbaren Lachen, bemerkt
dass nur die Dinge gut werden

wo der Rest kleiner ist
als das, was war.

## CHIAROSCURO

Deine nicht mehr ganz jungen Hände
die du geduldig wäschst, frühmorgens.

Dunkles Wasser, das über Taubheit rinnt
sich teilt und wieder schließt.

Finger für Finger:
Kette, Kranz, profanes Gebet

über den Schubladen
mit den Cremes, den Bürsten, den Seifen.

Was hatten diese Dinge zu sagen?
Wie schweigsam sind sie jetzt

wenn die Dämmerung
über die Schwelle tritt

in den Minuten, wo du ordnest
was vor dir, was hinter dir liegt.

Die sorgsame Geste
gegen den Strich.

Schaumig vollgesogen
löst sich Haar wie Tag.

Gegen die Scheiben stemmt sich der Wind.
Gegen deine Nacktheit stemmt sich das Licht.

MUTTERS FLUGZEUGE sind die großen Maschinen
vierstrahlig, Pendler zwischen den Kontinenten.

Barfuß, aufgeschwemmt steht sie auf der Terrasse
hält Ausschau nach den Airlines

die über den Alpen Richtung Stadt drehen
und beginnen zu sinken

im Morgenlicht, das Mutter bleich macht
durchsichtig in ihrem kurz gewordenen T-Shirt.

Mit den Turbinen auf minimalem Schub
liegt alles an der Luft

an Geschwindigkeit, Auftrieb und stetem Verlust
an Höhe, sich immer noch zu halten

zuzusteuern auf die im Häusermeer
verborgene Bahn abgeriebenen Asphalts.

Der Moment des Aufsetzens
nur zu folgern

aus der Stille
nach dem Verschwinden.

## ALS LETZTER IM HAUS

Mitte des Sommers. Der Verkehr glitzernd
an der Stadt vorbei.

Im still gewordenen Haus
hütest du die Räume der anderen.

Gerüche und Staub.
Aus der Reklame hervor fällt ein Trauerkuvert.

Wen immer sein Herz verriet.
Wer immer selig in seine Blumen sank.

Leg den Umschlag zu den anderen
gieß Topf um Topf

in dieser Welt auf Zehenspitzen
aufgehoben in ein paar Gesten:

den Schlüssel sacht im Schloss zu drehen
zurückzugehen

die eigenen Toten zu bewirten
in den Räumen, die deine sind

und ihre zugleich. Stetes Gefolge
leise

wie die Blätterschatten
abends auf den Wänden.

## NACHSOMMER

Der See
nach dem Gewitter verlassen.

Unsere Kleine, strahlend
draußen im Tiefen.

Freude, die sie oben hält
gewonnener Raum

hier am Rand der Stadt
wo das Geräusch der Flugzeuge

und das Geräusch des Verkehrs
fern ineinander verfließen.

Wir gehen heim
wenn das Licht sich mischt:

Laternen und Mond.
Hell erleuchtete Küchen.

Die Leute wandeln umher
halten sich oben.

Stiller Auftrieb
aus Gesten:

Das Brot zu schneiden
gegen die Brust

Teller und Glas auf dem Tisch zu lassen
denn einer kommt immer noch spät.

## NOTTURNO

Hörst Gänse über der Stadt
durchs angelehnte Fenster.

Nicht ihr Rufen – es ist die Luft
rauschende Lunte

an der sich der Raum entzündet
sich öffnet.

Stehst nackt und schlaflos
inmitten der Ebene.

Straßen in alle Richtungen. Lichter, Baustellen, Asphalt
bis aufs Neue dein Zimmer gerinnt.

Bett und Schrank
der Stuhl, mit den Sachen über der Lehne.

Bleibst in der Leere der Knochen. Luft statt Mark.
Hebst den Blick ein letztes Mal.

Über der Silhouette des Kraftwerks
über Lampen und Rauch der Rest der Schar

ein paar wenige Tiere an den Himmel geworfen
wie du an deinen:

Die Kinder, aufgedeckt im Schlaf
mit nackten Bäuchen.

Tintenflecken, Krümel.
Vor den Scheuerleisten auf ewig Staub.

# DIE FISCHE SCHLIEFEN TIEF

Schon bei einem Wasserverlust von 0.5 Prozent
– bezogen auf das eigene Körpergewicht – stellt sich Durst ein.

## SPAZIEREN AM FLUSS MEINER KINDHEIT

Pfützen
sehr klein und sehr schwarz
dass es schwer ist

ein Wort zu denken
wie Wasser. Gegen Abend
riecht der Tau nach Fluss.

In der Biegung erscheint das immergleiche Schiff
hell erleuchtet. Leute
tanzen an Deck.

Eine Handvoll Kiesel.
Form gegen
Gewicht.

Der erste Stein zieht
in die Mitte hinaus
wo das Laternenlicht verläuft wie Öl.

Und noch immer kein Wort
wie irrlichternd das Schiff
hinter dem Fächer

aus Pappeln verschwindet
die Maschinen dunkel
gegen die Strömung stampfen.

WASSER KAM DAS GEBIRGE HINAB.
Frühlingswasser, aus altem Graupel
aus dem Frost vergangener Tage

wirbelnde Sprache unter den Dingen
beständig, ohne Zorn der Landschaft entgegen
den Hängen, den Häusern.

Wo ging ich dann
einen Fuß im Schlamm
einen auf der Straße?

Ein Fuß nackt
Lehm zwischen den Zehen
der andere trocken, holzig?

Der eine spürte die Anemonen
der andere fühllos voraus
aber kam nicht fort.

Also stand ich
den Blick nach gestern
nach morgen

fand in der Mitte
den Kinderbach
Hier und Jetzt.

*für Sabrina*

DIE FISCHE SCHLIEFEN TIEF
im Bach neben der Straße

hielten sich in der Strömung
mit winzigen Bewegungen.

Automatik des Schlafs
im grösseren Fluss

des Laternenlichts
wo wir unsererseits standen.

Es hatte geregnet
und klarte jetzt.

Gras, glitzernde Schneiden.
Scheinwerfer stürzten durch den Nebel.

Wir spähten hinab, knapp über Grund
wehende Schatten, die aufzuckten

unter Halmen und Steinen verschwanden
wenn ein verirrter Strahl sie traf

dass wir uns erinnerten
wie verschlungen wir liegen im Schlaf:

der eine unter Sternen
der andere in der Strömung zuweilen

mit den flitzenden Pupillen
dem dunklen Atem.

IN DER LÜCKE zwischen zwei Arealen
erscheint die Stadt
als das, was dieser Ort war:

Ebene den Bergen zu, Vorhalt
des Alpinen, Fluss und See
nicht drohend, nicht schmeichelnd.

Ketten, dunstig in der Ferne
dass in der Verschiebung, die sich auftut
eine andere Stadt zu ahnen ist –

nicht Stahl, Mauerwerk, Höhe
sondern Körper, einer am anderen
weich und sehnsüchtig nach Raum.

Jemand tritt vor die Tür
reckt sich ins Licht
bevor er die Tasche fester greift

oder die Kinder, die in den Mustern
der gefallenen Blüten eine Ordnung erkennen
die längst vergessen schien

sich durchschreibt auf die Art, wie man an alten Mauern
mit Papier und Bleistift abpausen kann
was Jahre früher ein Unbekannter in den Putz ritzte.

Die Kinder, die für jetzt
nicht weniger begreifen
als diesen Moment

sich nur noch an das Gefühl erinnern werden
etwas gewusst zu haben, ohne fassen zu können
was sie durch die Straßen zog.

Wenn sie Jahre später die Türen durchschreiten
dann reicht noch eine Faser ihres Körpers zurück
zu jenem Tag, über die Kirschblüten gebeugt

als klar geschrieben stand
wer ich bin, wer du bist
in der Stadt, in der Zeit.

## VORSTADTUTOPIE

> No man is an island.
> JOHN DONNE

Könnte ein Meer sich hier erstrecken
es wäre ein seichtes.

Drähte spannten sich
knisternd über die Dünung hinweg.

Die Straßenbahnen würden
wie übers Wasser fahren.

Die Gleise schimmerten nur
bei Ebbe draußen im Licht.

Das wenige Land wäre nicht schön
aber vorhanden.

Eine Oberfläche
klein und doch nie ganz gesehen.

Da würde ich dich treffen
auf der Insel, die du bist in Gedanken

wenn wir aneinander vorbeigehen
spät auf dem Weg heim

den Blick zu Boden richten
um uns so fernzubleiben wie möglich

hier, wo die Häuser uns alle Tage
mit großen Augen betrachten.

Ich wüsste, auch du wärst da
wo es nach Thymian riecht

wo die Schatten des Oleanders fliegen.
Auch du wärst auf der Insel, die du bist.

Und die Straßenbahn käme
über Kilometer glitzerndes Wasser hinweg.

UNTER EIBEN trug ich dich im Arm
als blau im Lichtgewirr auf deiner Schläfe

eine Ader aufglomm
dass ich an Flüsse dachte

aus der Luft gefilmt
schimmernde Läufe

gleich dem einen dünn
unter dem Ansatz deines Haars.

Leicht wurdest du mir
und schwer zugleich.

Feines Gekräusel.
Blasses Gewucher Schlaf.

Ich verschwand in der Ahnung
was du bist

tiefer drin
Kaskaden, tickende Pulse.

## FÜR EMMA, FÜRS LESEN

Und erzähl dir glühend
von Gedichten, die es nicht gibt
wo Begehren und Gedanken sich mischen
das rosige Licht morgens auf dem Fluss
die Größe fremder Ideen
so riesig, nie ganz
zu durchdenken, weil Trost
immer nur bei den anderen ist.
Schnee weht
von frisch beschneiten Uferkiefern.
Und erzähl dir glühend
dass dieses Bild in Japan
für Erinnerung steht:
wie von Herz und Geist
(die ein und dasselbe sind)
die Bilder wehen
bald schmelzen im Tag
und die Tropfen sich sammeln
an den Orten, die uns wichtig sind.
Es ist dieses Bild
das ich nirgends finden kann.
Doch erzähl dir alle Zeit
von Gedichten, die es nicht gibt.
Dafür Schönheit der anderen.
Trost.

***

*nach Bashō*

*Geräusch des Wassers*
das ich nie verstand
als Geräusch des Wassers
nicht in einem namenlosen Wald
– Libellenzucken über der Oberfläche
gähnendes Tor des Nachsommers –
Echo eher, Hallraum
von Ich und Du
von Subjekt und Objekt
und wie es genau ist
dort zu sein
in diesem Moment
weil der Frosch nicht springt
weil der Frosch einfach nicht da ist
ohne dich, ohne mich.

## LAMENTO E TRIONFO

*nach Johannes Bobrowski*

Die Gardine
ohne Spiel
am Fenster
halb offen.
Ferner Sturm
schob die Wolken an.
Die Kinder verloren
in nichtigem Streit.
Es ist dort
wo der Raum sich öffnet
für den Wechsel
des Lichts über den Dächern
der Stadt, Lücken, gleißende Schauer
gegen die Berge hin. Es ist dort
wo das Erzählen sich öffnet.
Herzschlag, Weinen, Gelächter.
Der Strauß Dahlien
gerade rechtzeitig gegossen.
Durchs Gefieder der Blüten
seh ich die Kinder.
Das Gelingen eines geflochtenen Zopfes
ohne Scham anzunehmen
als das Geschick der Finger
in diesem Moment.
Und schon Zeit
die Töpfe auf den Herd zu stellen.
Die Hände sauber
die Hände dreckig

wen kümmert's.
Es ist dort
wo der Raum sich öffnet
himbeerverschmierte Münder
zerschundene Knie
oder wie plötzlich
zwischen einem Bissen
und dem nächsten
– wir halten Gabeln und Messer still –
der Wind in den Schlüssellöchern
zu hören ist
feiner Strom Luft
der nicht den Dingen
der uns allein zur Stimme taugt
dir
mir
Wort um Wort
*mit dem müden Mund*
*auf dem endlosen Weg*
*zum Hause des Nachbarn.*

Zitatnachweise: S. 7: Pentti Saarikoski: »Die Tänze des Dunklen«. In: *Tiarnia*. Gedichte. Finnisch-Deutsch, aus dem Finnischen von Richard Semrau unter Mitwirkung von Sabine Fahl, Edition Erata, 2005. | S. 21: Tomas Tranströmer: »Porträt mit Kommentar«. In: *Sämtliche Gedichte*, aus dem Schwedischen von Hanns Grössel, Hanser, 1997. | S. 51: Pavel Kolmačka: »Gegen Abend beschädigte ein Gewitter das Dach …«. In: *Du sahst, es gibt dich*. Gedichte, aus dem Tschechischen von Christa Rothmeier, Edition Thanhäuser, 2001. | S. 75: Bessel Van Der Kolk: *The Body Keeps The Score: Mind, Brain and Body in the Transformation of Trauma*, Penguin Books, 2015. | S. 85: Jan Skacel: »Der Fehler der Pfirsiche«. Aus: Reiner Kunze: *Wo wir zu Hause das Salz haben*. Nachdichtungen, S. Fischer, 2003. | S. 87: ROCKET MAN, Text: Bernard J. P. Taupin, Musik: Elton John © Universal/Dick James Music Ltd. / Universal Music Publishing GmbH | S. 100: Johannes Bobrowski: »Holunderblüte«. In: *Gesammelte Gedichte*, Deutsche Verlags-Anstalt, 2017. | S. 101: Henrik Nordbrandt: »Es ist Winter hier«. In: *Digte/Gedichte*, aus dem Dänischen von Hanns Grössel, Kleinheinrich, 1988. | S. 111: Gerhard Gundermann, »So wird es Tag«, BuschFunk Musikverlag, 1995. | S. 133: Johannes Bobrowski: »Sprache«, In: *Gesammelte Gedichte*, Deutsche Verlags-Anstalt, 2017.

INHALT

THILO KRAUSE, geboren 1977 in Dresden, lebt und arbeitet in Zürich. Seit 2005 veröffentlicht er literarische Texte in Zeitschriften (u. a. Akzente, Sinn und Form), Zeitungen (u. a. Die Zeit, Zürcher Tagesanzeiger) und Anthologien. Für seine Gedichte wurde Thilo Krause 2012 mit dem Schweizer Literaturpreis und 2016 mit dem Clemens-Brentano-Preis der Stadt Heidelberg sowie dem ZKB Schillerpreis ausgezeichnet. Bei Hanser erschienen 2018 sein Gedichtband *Was wir reden, wenn es gewittert*, für den er den Peter-Huchel-Preis erhielt, und 2020 sein Roman *Elbwärts*, der mit dem Robert Walser-Preis ausgezeichnet wurde.